AF240350

ENCORE

UNE BROCHURE.

Prix, 30 centimes.

PARIS,

Chez CORRÉARD, libraire, Palais-Royal, galerie de bois

22 mai 1820.

ENCORE

UNE BROCHURE.

On sait que depuis la restauration, les aristocrates ont eu pour tactique constante d'essayer, de persuader aux Bourbons que la nation française ne les revoyait qu'avec peine; qu'elle les regardait comme incompatibles avec son bonheur : en un mot, que les Français étaient autant d'ennemis du trône légitime.

Il ne faut pas être fort habile pour deviner dans quelles intentions les aristocrates s'efforcent ainsi de rendre la nation suspecte à la dynastie régnante.

On voit sans peine que, comme les aristocrates de 89, ceux d'aujourd'hui croient avoir tout intérêt à élever entre le roi et le peuple une barrière insurmontable, un mur de séparation qui les empêchent de se bien connaître et de s'unir.

Les aristocrates de 89 avaient bien senti qu'au moment où le roi et le peuple seraient d'accord, agiraient de concert, la révolution serait inévitable; c'est-à-dire, que de vassaux devenant citoyens, les Français affranchis procla-

meraient l'égalité des citoyens devant la loi , et qu'imman-
quablement, et pour toujours, les priviléges aristocratiques
seraient abolis. Aussi n'épargnèrent-ils rien pour empêcher
cet accord du roi et du peuple.

Partagés en **deux** bandes , ils confièrent à l'une le soin
d'obséder le monarque , de lui peindre en noir tous les évé-
nemens populaires, de le circonscrire dans un cercle de
déception et d'impostures, de l'isoler enfin pour le mieux
aveugler ; l'autre eut la mission de se jeter au milieu des
clubs les plus démagogiques, d'y répandre les anecdotes
les plus scandaleuses et les plus secrètes de la cour, d'y
fomenter ces soulèvemens populaires qui devaient avoir
pour résultat de rendre suspect l'un à l'autre le roi et le
peuple.

Les aristocrates espéraient, à l'aide de cette mésintelli-
gence factice , éloigner indéfiniment l'époque de l'affran-
chissement de la nation, dans la fermentation de laquelle ils
s'obstinaient à ne voir qu'une sorte de boutade , et faire
croire aux roi qu'eux seuls pouvaient se défendre contre
les factieux.

Ils espéraient se faire croire nécessaires et demeurer
tyrans.

L'événement leur a prouvé si leurs calculs étaient sa-
ges ; et en supposant qu'ils aient en 92 voulu réellement
défendre le roi, ils ont dû gémir de l'impuissance de leurs
efforts et de la nécessité où ils se trouvèrent eux-mêmes de
céder au torrent de l'opinion publique, qu'ils n'avaient pas
craint d'agiter, assurés qu'ils se croyaient d'en maîtriser
les vagues ; mais qui bientôt entraîna tous les obstacles, et
comme un fleuve débordé alla vomir sur un rivage étranger les débris de la digue qu'on avait voulu lui opposer
après lui avoir donné un premier passage.

Le torrent populaire balaya tout, aristocratie, royauté,

religion ; tout fut déraciné et le sol moral de la France ne présenta plus qu'une vaste plaine sur laquelle mille passions opposées et sans frein vinrent se disputer le privilége d'élever le nouvel édifice social.

Tel fut le résultat des manœuvres des aristocrates en 89.

Héritiers des prétentions de ces aristocrates, ceux de nos jours ont aussi hérité de leur tactique.

Leurs pères voulaient conserver leurs priviléges, ils veulent les recouvrer ; leurs pères voulaient rester oppresseurs, ils veulent le redevenir ; leurs pères voulaient rester en possession des emplois, ils veulent les envahir, ils ont de plus que leurs pères des indemnités à réclamer, et, sous ce dernier rapport, leur esprit anti-national a dû s'accroître encore.

Comme leurs pères, ils croient utile à leurs projets d'empêcher l'accord du roi et de la nation. Comme eux ils veulent passer auprès du roi pour ses amis exclusifs et dévoués, pour ses soutiens indispensables, et le peuple les a vus au retour des Bourbons s'emparer de toutes les avenues de la cour, se donner la main pour l'entourer d'une chaîne et en éloigner le peuple, et ils ont tout fait pour justifier ce mot d'un homme du peuple : que le roi paraissait plutôt réemménagé aux Tuileries que revenu en France.

En vain le roi a voulu tendre la main au peuple en lui offrant la charte ; les aristocrates se consolèrent de ce don du prince par l'espoir de déchirer bientôt cette espèce d'acte d'alliance.

Continuellement placés entre le roi et la nation, ils ont intercepté tout échange de négociation susceptible de resserrer encore cette union dont la charte était le gage.

En violant la charte, en la viciant d'arbitraire dès ces premiers jours de sa mise à exécution, ils ont cherché à la rendre méprisable à la nation , et à faire soupçonner la bonne foi de l'auteur de ce contrat national.

Ils s'en sont servis pour prononcer des exils et des proscriptions , au moment où le prince faisait entendre les mots d'union et d'oubli.

Dès les premiers jours du rétablissement de la charte, la nation les a vus mettre en pratique avec une joie féroce l'article de la constitution le plus propre à la faire moins aimer, c'est-à-dire, celui qui autorise les cours prévotales.

Ils voulaient par là satisfaire leurs vengeances, et faire détester ce contrat , dont la seule existence, comme pièce d'écriture, serait encore pour eux un épouvantail.

Ils pensaient que la haine de la charte amènerait nécessairement celle de son auteur, et que dès-lors le roi ne pourrait se dispenser de les regarder comme ses appuis les plus sûrs, et remettrait entre leurs mains toutes les fonctions militaires, judiciaires et administratives, à l'aide des quelles ils se trouveraient en mesure d'opérer la contre-révolution.

Les aristocrates avaient mal connu, mal apprécié la nation : ses malheurs lui avaient donné de l'expérience et l'avait rendue défiante. Elle ne prit point le change, elle n'accusa point la charte des fureurs de 1815; elle en accusa les aristocrates, et elle ne pouvait faire autrement, puisque les aristocrates eux-mêmes se faisaient gloire d'en être les véritables auteurs.

L'excès du mal réveilla l'opinion publique ; au premier effroi succéda l'énergie, et la voix publique se fit jour jusqu'au roi.

Le roi foudroya les aristocrates par l'ordonnance du 5 septembre 1816, et la nation obtint contr'eux deux puissantes garanties ; la loi de recrutement en mars et celle des élections en février 1817.

Les aristocrates frémirent de rage, et jugèrent que, si le roi et la nation continuaient à s'entendre ainsi, pendant quatre ans, la cause de l'aristocratie était perdue sans retour et qu'il fallait renoncer à tout espoir de contre - révolution.

Pour troubler cette harmonie, la faction mit tout en œuvre. Dans ses notes secrètes, elle traduisit le roi à la barre de la sainte alliance, espérant le rendre odieux à la nation, qui n'aurait pas vu sans mécontentement un roi de France se reconnaître justiciable de l'étranger. En même temps ces dénonciations tendaient à persuader au roi que la nation, toujours impatiente de se délivrer des Bourbons, était remuée en tout sens par des révolutionnaires, et des doctrines contraires à la légitimité.

Lyon et Grenoble furent dénoncés comme des foyers de conspiration. Par là, les aristocrates obtenaient trois choses : des mesures arbitraires et inutiles de la part du gouvernement, la haine du gouvernement de la part du peuple, de la part de tous les deux défiance réciproque.

Ler aristocrates ne se chargèrent pas ouvertement de l'exécution de ces mesures arbitaires sur les points les plus travaillés de la France : ils eurent l'adresse d'en remettre le soin à des hommes que la lave révolutionnaire avait déposés depuis long-temps comme son écume.

Deux généraux de la terreur de 93 se trouvèrent en tête de celle de 1815.

Malgré ces précautions le peuple ne prit point le change, et toujours il accusa l'aristocratie de ses souffrances. Toutes ses plaintes tendaient à détacher le gouvernement des aristocrates, tant il était persuadé que tout ce qu'il éprouvait de vexatoire, d'inconstitutionnel était aristocratique dans sa source.

A chacune de ces plaintes des citoyens, les nobles trem-

blaient de voir le roi se désabuser, tendre la main au peuple et lui accorder en dédommagement de ses douleurs, le
développement complet de la charte.

Malgré le redoublement de leurs manœuvres pour empêcher cette union du gouvernement et du peuple, tous les
vrais Français se flattaient de la voir consommée, lorsque
le crime de Louvel vint jeter l'alarme dans la famille
royale, la douleur dans le peuple, et de nouvelles espé-
rances dans la faction des aristocrates.

A des cris d'une douleur hypocrite, ils ont mêlé leurs
menaces. Plus royalistes que le roi, ils ont voulu plus que
le roi se montrer parens de l'auguste victime. Le roi dé-
fendait que la chaire chrétienne retentit d'oraisons funè-
bres qui auraient pu ajouter encore au deuil de la France;
les aristocrates ont assourdi le peuple de leurs déclamations
lugubres.

Depuis le 13 février, ils ont espéré plus que jamais, de
rendre impossible l'union du peuple et de la famille
royale.

Ils ont dit à nos princes que de toutes parts les poignards
étaient levés contre la dynastie des Bourbons ; ils leur ont
peint le sol français comme une vaste mine creusée sous
leurs pas ; ils ont tenté de faire, aux yeux du roi et de sa
famille, d'un forfait isolé, un crime national.

De toutes parts cependant les citoyens s'étaient associés
à la douleur royale ; de toutes parts le peuple avait par
ses adresses de condoléance tenté de consoler les Bourbons
et de démentir les aristocrates.

Le roi a voulu connaître la véritable opinion publique;
par ses ordres , le duc d'Angoûlême s'est éloigné de la
capitale où la concentration de la force armée et la confusion de toutes les nuances d'opinion ne permettent pas
de la saisir sous son véritable aspect.

Seul et sans escorte, le prince a voulu se présenter aux peuples que la faction des aristocrates dénonçait comme la plus implacable ennemie des descendans de Henri IV.

Ce témoignage de confiance allait déconcerter tous les projets de la faction, partout le prince accueilli aux cris de vivent les Bourbons, vive la charte, allait reconnaître la fausseté des dénonciations des hommes *des anciens jours*.

Il était urgent pour les aristocrates de persuader à la famille royale que le peuple français est réellement ennemi de cette famille.

Ils auraient bien voulu dire que tous les citoyens qui, à l'approche du prince, faisaient entendre les cris de vive le roi, de vivent les Bourbons, étaient autant de parjures, et qu'au fond du cœur, ils récelaient les cris de vive la république, vive le roi de Rome.

L'embarras n'était pas de le dire, mais de le faire croire; or, les aristocrates ont bien senti l'inutilité de ce moyen et ont présumé avec raison que nos princes en croiraient plutôt les rapports de l'auguste voyageur que les hurlemens monarchiques.

Ils ont pris un moyen détourné pour calomnier la nation. Les cris de vive le roi, vivent les Bourbons ne pouvaient paraître suspects ; celui de *vive la charte* a été proclamé séditieux par les aristocrates.

Le cris de vive la charte est devenu à leurs yeux celui de ralliement des ennemis du trône et de l'autel. Jacobins et bonapartistes, tous se sont entendus pour crier vive la charte !

Vive la charte, cela veut dire, partout où passe le duc d'Angoulême, haine aux Bourbons et guerre à la légitimité.

A l'aide de cette interprétation, les aristocrates ont espéré deux choses. La première, de persuader de plus en plus au roi et à sa famille, que les citoyens français sont autant d'ennemis de la dynastie des Bourbons ; la seconde, d'empêcher les gens timides de faire entendre au duc. d'Angoulême l'expression de leur attachement pour cette charte que le roi appelle son plus beau titre aux yeux de la postérité, que la nation appelle le *palladium* de la liberté publique, et que les aristocrates appellent si dédaigneusement une ordonnance de réformation. De plus, les aristocrates ont espéré que les gens timides en viendraient peut-être à ne rien crier du tout, dans la crainte qu'on les accusât d'avoir crié vive la charte, quand ils n'auraient crié que vive le roi ; et les hommes monarchiques ne pouvent demander rien de mieux que le silence du peuple, ce silence se prêtera merveilleusement aux interprétations.

Le prince, dont on aura éloigné les citoyens, traversera les populations muettes des départemens, et son voyage lui aura pleinement prouvé que les Français sont vraiment ennemis des Bourbons, et que les aristocrates avaient bien raison de le dire d'avance. A son retour, le prince ne manquera pas de dire au roi :

Sire,

« Tout ce que nos amis vous disaient avant mon départ,
« était l'exacte vérité. Partout j'ai été accueilli avec froi-
« deur ; partout le peuple a gardé en ma présence un
« silence de mépris et de haine, excepté dans quelques
« villes déjà connues par leur esprit ingouvernable,
« comme l'a dit ce général qui sauva la France à Grenoble ;
« excepté, dis-je, dans quelques villes où la sédition a fati-
« gné mes oreilles du cri révolutionnaire de *vive la charte.*
« Oui, Sire, nos amis avaient raison, les Français des dépar-
« temens que j'ai parcourus, sont ennemis de notre famille.

« il n'y a de salut pour nous , que dans le dévouement des
« aristocrates ; seuls , ils peuvent nous défendre ; seuls
« ils méritent notre confiance. Les aristocrates seuls peu-
« vent occuper les hautes magistratures ; nous devons nous
« défier de tout ce qui n'est pas aristocrate. Réorganisez
« au plus tôt l'administration, la justice et l'armée ; épu-
« rez-les. Que toute la puissance publique soit remise aux
« mains des nobles , ou nous sommes perdus ; que les
« cours prévotales portent de nouveau la terreur dans
« les provinces silencieuses, et nous sommes sauvés. S'ils
« ne peuvent nous aimer , que les Français nous crai-
« gnent. »

Le roi dissout la chambre , la nouvelle loi des élections
nous ramène la convention et le terrorisme de 1815. Les
aristocrates ne font plus un mystère de leurs complots , ils
se montrent au grand jour ; le peuple est muselé et la
contre-révolution est l'affaire de trois mois.

Voyez ce que peut un parti qui s'y entend ; à l'aide de
la fausse interprétation de ce cri, si éminemment royaliste, *vive la charte !* il parvient à démontrer à nos princes, que l'immense majorité des Français les repousse et
les abhorre. Il s'empare des fonctions publiques, et il
appésantit sur vingt-huit millions de citoyens dégradés ,
le joug de la féodalité mitigée et des priviléges rétablis.

Mais quoi, dira-t-on , pouvez-vous croire que le prince
se méprenne sur le véritable sens que les citoyens atta-
chent au cri de *vive la charte* , et qu'il l'interprète dans
le sens que veulent lui donner les aristocrates ?

Non , sans doute, je ne le crois pas ; et j'en ai pour garant , les paroles mêmes de S. A. R. , qui partout s'est
empressée de rappeler au peuple le serment qu'ont fait les
Bourbons de maintenir inviolablement la charte , et qui
semblait ainsi provoquer le cri constitutionnel. J'en ai pour

garant, cet étonnement que le prince témoigna lui-même à Grenoble en s'informant d'où venait le bruit qui s'élevait au tour de la Préfecture.

On sait que dans cette ville, le cri de *vive la charte*, se fît constamment entendre avec celui de *vive le roi*, et le prince qui l'avait entendu, ignorant que ce cri eût été regardé par les autorités comme séditieux, témoignait avec raison son étonnement, lorsque le bruit public arriva jusqu'à lui.

Ce fait seul prouve suffisamment, que le prince n'avait nullement adopté l'interprétation des aristocrates.

Ce fait leur a démontré l'inutilité de ce moyen de calomnie contre la nation. Ils ont dû en essayer un autre, et sur-le-champ, ils se sont emparés d'un fait, plus ou moins controuvé. La *Quotidienne* du 18 de ce mois, s'est hâtée de recevoir une lettre de Lons-le-Saulnier, ville où le prince devait passer. Cette lettre annonce à la *Quotidienne*, l'arrestation de deux individus partis de Paris, et qu'on présume être d'anciens militaires : on ignore encore, il est vrai, les motifs de cette arrestation ; mais on ne manquera d'écrire à la *Quotidienne* aussitôt qu'on saura au juste l'atrocité des projets des deux détenus. Le correspondant de cette feuille, avoue six lignes plus haut qu'il ignore pourquoi ont été arrêtés les deux arrivans de Paris, et six lignes plus bas, il promet de faire connaître, en temps et lieu, l'atrocité de leurs projets.

Il est clair, pour peu qu'on pense bien, que ces deux anciens militaires, tout frais venus de Paris, ne peuvent être autre chose que des émissaires jacobins, envoyés tout exprès, pour donner un coup de poignard à l'auguste voyageur. Le moyen, après cela, de dire que la France n'est pas semée d'ennemis des Bourbons, puisqu'on est obligé d'en faire partir deux de Paris.

Cela est par trop clair, disent déjà nos aristocrates, ces deux militaires sont nécessairement des assassins. Ce sont des acolytes de Louvel, des libéraux, des jacobins....etc.

Ne trouvez-vous pas ce moyen bien ingénieux ? Et, ne devra-t-il pas complètement démontrer au roi et à sa famille, que la nation française est leur ennemie, et qu'il n'y a de salut pour les Bourbons que dans les rangs des aristocrates.

Espérons-le, cependant, ces misérables intrigues tourneront à la confusion de leurs auteurs.

S. A. R. le duc d'Angoulême s'applaudira d'avoir pu connaître par lui-même l'opinion publique ; et son voyage lui aura démontré toute la fausseté des dénonciations des aristocrates.

Partout le prince aura recueilli le témoignage non équivoque de sentimens des citoyens ; partout les cris inséparables de vive le roi, vive la charte, lui auront prouvé, que les vrais Français leur sont inviolablement attachés, qu'ils les confondent dans leur amour, et qu'ils les regardent comme également nécessaires au bonheur de la patrie.

A son retour le prince pourra dire au roi : Sire,

« J'ai parcouru les départemens qu'on nous avait dési-
« gnés comme autant de foyers d'insurrection et de pépiniè-
« res de factieux ; partout j'ai trouvé les Français amis de
« la liberté ; partout j'ai recueilli le témoignage sincère de
« leur attachement à votre personne et à vos institutions.
« Il m'appartient de venger la nation des odieuses calom-
« nies accumulées sur elle, par des hommes qui se disaient
« nos amis. Oui, Sire, Louvel était seul en France ! Oui,
« Sire, la nation tout entière est royaliste, toute entière
« est constitutionnelle, et je me plais à répéter avec elle,
« vive la charte, toute la charte !

Puisse le retour du prince dévancer l'époque de la sanction de la loi contre les élections , mettre le roi à même de bien connaître son peuple , et d'apprécier tout ce que pourrait avoir de funeste l'adoption d'une loi que les aristocrates ont arrachées et surprises, aux premières inspirations d'une douleur qu'ils n'ont pas su respecter , et réduire les calomniateurs du peuple , à chercher de nouveaux moyens d'empêcher le peuple et le roi , de se jeter dans les bras l'un de l'autre.

— Veut-on savoir jusqu'où va le délire des aristocrates; qu'on apprenne leurs manœuvres dans les communes rurales de l'ancienne province de Normandie; qui croirait que ces messieurs veulent aussi mettre les citoyens *hors la loi* ? Qui croirait que dans le département auquel la France doit MM. *Dupont de l'Eure, Dumeilet et Bignon* , les aristocrates ont osé faire répandre le bruit de l'expulsion du premier de ces hommes honorables , du sein de la chambre?

Qui croirait que les aristocrates ont osé dire que M. Dupont de l'Eure a été *chassé* de la chambre, par ordre exprès du roi ?

Tels sont cependant les bruits étranges semés dans les villages du département de l'Eure.

Les aristocrates ont voulu , par ce moyen , pressentir l'opinion des habitans des campagnes, ils ont voulu s'assurer de l'effet que produirait cette expulsion d'un défenseur de la liberté , dans le cas où ils oseraient tenter de l'arracher à la tribune nationale.

L'opinion publique n'a pas pris le change ; elle a deviné qu'en désignant le roi comme l'auteur de cette mesure

arbitraire, les aristocrates avaient voulu écarter les soup-
çons qui se dirigeaient contr'eux, et les patriotes nor-
mands, pleinement rassurés contre les imputations odieuses
adressées à l'auteur de la charte, ont senti redoubler leur
indignation et leur mépris pour les véritables auteurs de
ces bruits sinistres.

Les aristocrates n'ont retiré de leurs manœuvres que la
certitude de l'impossibilité où ils sont, de mettre *hors la
loi* l'homme honorable qui occupe, dans le cœur de tous
ceux dont il est le mandataire, une place que lui ont
acquise son intégrité, son patriotisme et sa bienfaisance.

— Quatre-vingt mille coups de poignards et la contre-
révolution est faite en vingt-quatre heures, disait, en ma
présence, le descendant d'un illustre preux, au milieu
d'une vingtaine de jeunes aristocrates. Un an de plus avec
la loi des élections qu'on veut nous arracher, lui répon-
dis-je, et la contre-révolution est impossible.

—Avez-vous besoin d'une escorte, la nuit, pour retourner
chez vous? Qui vive? *citoyen;* vous voilà sous la protec-
tion d'un mouchard, soyez tranquille; il vous suivra jusqu'à votre porte et le lendemain, le numéro de votre
maison sera signalé à la Préfecture.

— Il existe, en France, une ville où les trois cent cinquante citoyens les plus imposés ne font point partie de la
garde nationale. Cette ville est *Vire*, chef-lieu d'arron-
dissement du Calvados, dont M. de Cordey, membre de
la chambre des députés, commande la garde nationale.
Presque tous les citoyens exclus, sont des commerçans
connus pour avoir aidé à repousser les dix mille chouans

qui, lors du siége de Granville, se détachèrent sur la ville de Vire dont ils espéraient piller les magasins de draps et l'arsenal.

Je sais qu'ils sont trois cent cinquante, parce qu'ils se sont comptés eux-mêmes.

IMPRIMERIE DE MADAME JEUNEHOMME-CRÉMIÈRE,

RUE HAUTEFEUILLE, n° 20.

www.ingramcontent.com/pod-product-compliance
Lightning Source LLC
LaVergne TN
LVHW021506060726
842527LV00006B/2473